Apocalypse

La Bible

© 2024 Culturea
Texte et illustration de couverture : © domaine public (open access licence CC0 1.0 universel)
Édition et mise en page : Culturea (Hérault, 34)
Retrouvez notre catalogue sur http://culturea.fr/
Contact : infos@culturea.fr
Imprimé en Allemagne par Books on Demand Gmbh
Design typographique et layout : Derek Murphy et Reedsy
ISBN : 9791041997251
Date de parution : Avril 2024
Ce livre :
— a été composé avec une police open source libre de droits dessinée sur Open Fondry
 https://open-foundry.com/
— est édité en libre access sous licence CC0 (Creative Commons Zero) afin de conserver l'oeuvre au
plus près des caractéristiques du domaine public.
— offre la possibilité à son lecteur de partager, dupliquer ou distribuer son contenu, sans restriction ni
réserve.
— permet de replanter un arbre. SHS Éditions soutient Plantons Pour l'Avenir, fonds de dotation pour le
reboisement des forêts françaises
400 projets de reboisement de forêts soutenus depuis 2014 à travers la France
https:/www.plantonspourlavenir.fr/

Apocalypse 1

1. Révélation de Jésus Christ, que Dieu lui a donnée pour montrer à ses serviteurs les choses qui doivent arriver bientôt, et qu'il a fait connaître, par l'envoi de son ange, à son serviteur Jean,   2. lequel a attesté la parole de Dieu et le témoignage de Jésus Christ, tout ce qu'il a vu.   3. Heureux celui qui lit et ceux qui entendent les paroles de la prophétie, et qui gardent les choses qui y sont écrites ! Car le temps est proche.   4. Jean aux sept Églises qui sont en Asie : que la grâce et la paix vous soient données de la part de celui qui est, qui était, et qui vient, et de la part des sept esprits qui sont devant son trône,   5. et de la part de Jésus Christ, le témoin fidèle, le premier-né des morts, et le prince des rois de la terre ! A celui qui nous aime, qui nous a délivrés de nos péchés par son sang,   6. et qui a fait de nous un royaume, des sacrificateurs pour Dieu son Père, à lui soient la gloire et la puissance, aux siècles des siècles ! Amen !   7. Voici, il vient avec les nuées. Et tout oeil le verra, même ceux qui l'ont percé ; et toutes les tribus de la terre se lamenteront à cause de lui. Oui. Amen !   8. Je suis l'alpha et l'oméga, dit le Seigneur Dieu, celui qui est, qui était, et qui vient, le Tout Puissant.   9. Moi Jean, votre frère, et qui ai part avec vous à la tribulation et au royaume et à la persévérance en Jésus, j'étais dans l'île appelée Patmos, à cause de la parole de Dieu et du témoignage de Jésus.

10. Je fus ravi en esprit au jour du Seigneur, et j'entendis derrière moi une voix forte, comme le son d'une trompette,   11. qui disait : Ce que tu vois, écris-le dans un livre, et envoie-le aux sept Églises, à Éphèse, à Smyrne, à Pergame, à Thyatire, à Sardes, à Philadelphie, et à

Laodicée.   12. Je me retournai pour connaître quelle était la voix qui me parlait. Et, après m'être retourné, je vis sept chandeliers d'or,   13. et, au milieu des sept chandeliers, quelqu'un qui ressemblait à un fils d'homme, vêtu d'une longue robe, et ayant une ceinture d'or sur la poitrine.   14. Sa tête et ses cheveux étaient blancs comme de la laine blanche, comme de la neige ; ses yeux étaient comme une flamme de feu ;   15. ses pieds étaient semblables à de l'airain ardent, comme s'il eût été embrasé dans une fournaise ; et sa voix était comme le bruit de grandes eaux.   16. Il avait dans sa main droite sept étoiles. De sa bouche sortait une épée aiguë, à deux tranchants ; et son visage était comme le soleil lorsqu'il brille dans sa force.   17. Quand je le vis, je tombai à ses pieds comme mort. Il posa sur moi sa main droite en disant : Ne crains point !   18. Je suis le premier et le dernier, et le vivant. J'étais mort ; et voici, je suis vivant aux siècles des siècles. Je tiens les clefs de la mort et du séjour des morts.   19. Écris donc les choses que tu as vues, et celles qui sont, et celles qui doivent arriver après elles,   20. le mystère des sept étoiles que tu as vues dans ma main droite, et des sept chandeliers d'or. Les sept étoiles sont les anges des sept Églises, et les sept chandeliers sont les sept Églises.

Apocalypse 2

1. Écris à l'ange de l'Église d'Éphèse : Voici ce que dit celui qui tient les sept étoiles dans sa main droite, celui qui marche au milieu des sept chandeliers d'or :   2. Je connais tes oeuvres, ton travail, et ta persévérance. Je sais que tu ne peux supporter les méchants ; que tu as éprouvé ceux qui se disent apôtres et qui ne le sont pas, et que tu les as trouvés menteurs ;   3. que tu as de la persévérance, que tu as souffert à cause de mon nom, et que tu ne t'es point lassé.   4. Mais ce que j'ai contre toi, c'est que tu as abandonné ton premier amour.   5. Souviens-toi donc d'où tu es tombé, repens-toi, et pratique tes premières oeuvres ; sinon, je viendrai à toi, et j'ôterai ton chandelier de sa place, à moins que tu ne te repentes.   6. Tu as pourtant ceci, c'est que tu hais les oeuvres des Nicolaïtes, oeuvres que je hais aussi. 7. Que celui qui a des oreilles entende ce que l'Esprit dit aux Églises : A celui qui vaincra je donnerai à manger de l'arbre de vie, qui est dans le paradis de Dieu.   8. Écris à l'ange de l'Église de Smyrne : Voici ce que dit le premier et le dernier, celui qui était mort, et qui est revenu à la vie :   9. Je connais ta tribulation et ta pauvreté (bien que tu sois riche), et les calomnies de la part de ceux qui se disent Juifs et ne le sont pas, mais qui sont une synagogue de Satan.   10. Ne crains pas ce que tu vas souffrir. Voici, le diable jettera quelques-uns de vous en prison, afin que vous soyez éprouvés, et vous aurez une tribulation de dix jours. Sois fidèle jusqu'à la mort, et je te donnerai la couronne de vie.

11. Que celui qui a des oreilles entende ce que l'Esprit dit aux Églises : Celui qui vaincra n'aura pas à souffrir la seconde mort.   12. Écris à

l'ange de l'Église de Pergame : Voici ce que dit celui qui a l'épée aiguë, à deux tranchants :   13. Je sais où tu demeures, je sais que là est le trône de Satan. Tu retiens mon nom, et tu n'as pas renié ma foi, même aux jours d'Antipas, mon témoin fidèle, qui a été mis à mort chez vous, là où Satan a sa demeure.   14. Mais j'ai quelque chose contre toi, c'est que tu as là des gens attachés à la doctrine de Balaam, qui enseignait à Balak à mettre une pierre d'achoppement devant les fils d'Israël, pour qu'ils mangeassent des viandes sacrifiées aux idoles et qu'ils se livrassent à l'impudicité.   15. De même, toi aussi, tu as des gens attachés pareillement à la doctrine des Nicolaïtes.   16. Repens-toi donc ; sinon, je viendrai à toi bientôt, et je les combattrai avec l'épée de ma bouche.   17. Que celui qui a des oreilles entende ce que l'Esprit dit aux Églises : A celui qui vaincra je donnerai de la manne cachée, et je lui donnerai un caillou blanc ; et sur ce caillou est écrit un nom nouveau, que personne ne connaît, si ce n'est celui qui le reçoit.   18. Écris à l'ange de l'Église de Thyatire : Voici ce que dit le Fils de Dieu, celui qui a les yeux comme une flamme de feu, et dont les pieds sont semblables à de l'airain ardent : 19. Je connais tes oeuvres, ton amour, ta foi, ton fidèle service, ta constance, et tes dernières oeuvres plus nombreuses que les premières.

20. Mais ce que j'ai contre toi, c'est que tu laisses la femme Jézabel, qui se dit prophétesse, enseigner et séduire mes serviteurs, pour qu'ils se livrent à l'impudicité et qu'ils mangent des viandes sacrifiées aux idoles.   21. Je lui ai donné du temps, afin qu'elle se repentît, et elle ne veut pas se repentir de son impudicité.   22. Voici, je vais la jeter sur un lit, et envoyer une grande tribulation à ceux qui commettent adultère avec elle, à moins qu'ils ne se repentent de leurs oeuvres. 23. Je ferai mourir de mort ses enfants ; et toutes les Églises connaîtront que je suis celui qui sonde les reins et les coeurs, et je vous rendrai à chacun selon vos oeuvres.   24. A vous, à tous les autres de Thyatire, qui ne reçoivent pas cette doctrine, et qui n'ont pas connu les profondeurs de Satan, comme ils les appellent, je vous dis : Je ne mets pas sur vous d'autre fardeau ;   25. seulement, ce que vous avez, retenez-le jusqu'à ce que je vienne.   26. A celui qui

vaincra, et qui gardera jusqu'à la fin mes oeuvres, je donnerai autorité sur les nations.   27. Il les paîtra avec une verge de fer, comme on brise les vases d'argile, ainsi que moi-même j'en ai reçu le pouvoir de mon Père.   28. Et je lui donnerai l'étoile du matin.   29. Que celui qui a des oreilles entende ce que l'Esprit dit aux Églises !

Apocalypse 3

1. Écris à l'ange de l'Église de Sardes : Voici ce que dit celui qui a les sept esprits de Dieu et les sept étoiles : Je connais tes oeuvres. Je sais que tu passes pour être vivant, et tu es mort.   2. Sois vigilant, et affermis le reste qui est près de mourir ; car je n'ai pas trouvé tes oeuvres parfaites devant mon Dieu.   3. Rappelle-toi donc comment tu as reçu et entendu, et garde et repens-toi. Si tu ne veilles pas, je viendrai comme un voleur, et tu ne sauras pas à quelle heure je viendrai sur toi.   4. Cependant tu as à Sardes quelques hommes qui n'ont pas souillé leurs vêtements ; ils marcheront avec moi en vêtements blancs, parce qu'ils en sont dignes.   5. Celui qui vaincra sera revêtu ainsi de vêtements blancs ; je n'effacerai point son nom du livre de vie, et je confesserai son nom devant mon Père et devant ses anges.   6. Que celui qui a des oreilles entende ce que l'Esprit dit aux Églises !   7. Écris à l'ange de l'Église de Philadelphie : Voici ce que dit le Saint, le Véritable, celui qui a la clef de David, celui qui ouvre, et personne ne fermera, celui qui ferme, et personne n'ouvrira :   8. Je connais tes oeuvres. Voici, parce que tu a peu de puissance, et que tu as gardé ma parole, et que tu n'as pas renié mon nom, j'ai mis devant toi une porte ouverte, que personne ne peut fermer.   9. Voici, je te donne de ceux de la synagogue de Satan, qui se disent Juifs et ne le sont pas, mais qui mentent ; voici, je les ferai venir, se prosterner à tes pieds, et connaître que je t'ai aimé.

10. Parce que tu as gardé la parole de la persévérance en moi, je te garderai aussi à l'heure de la tentation qui va venir sur le monde entier, pour éprouver les habitants de la terre.   11. Je viens bientôt.

Retiens ce que tu as, afin que personne ne prenne ta couronne.   12. Celui qui vaincra, je ferai de lui une colonne dans le temple de mon Dieu, et il n'en sortira plus ; j'écrirai sur lui le nom de mon Dieu, et le nom de la ville de mon Dieu, de la nouvelle Jérusalem qui descend du ciel d'auprès de mon Dieu, et mon nom nouveau.   13. Que celui qui a des oreilles entende ce que l'Esprit dit aux Églises !   14. Écris à l'ange de l'Église de Laodicée : Voici ce que dit l'Amen, le témoin fidèle et véritable, le commencement de la création de Dieu :   15. Je connais tes oeuvres. Je sais que tu n'es ni froid ni bouillant. Puisses-tu être froid ou bouillant !   16. Ainsi, parce que tu es tiède, et que tu n'es ni froid ni bouillant, je te vomirai de ma bouche.   17. Parce que tu dis : Je suis riche, je me suis enrichi, et je n'ai besoin de rien, et parce que tu ne sais pas que tu es malheureux, misérable, pauvre, aveugle et nu,   18. je te conseille d'acheter de moi de l'or éprouvé par le feu, afin que tu deviennes riche, et des vêtements blancs, afin que tu sois vêtu et que la honte de ta nudité ne paraisse pas, et un collyre pour oindre tes yeux, afin que tu voies.   19. Moi, je reprends et je châtie tous ceux que j'aime. Aie donc du zèle, et repens-toi.

20. Voici, je me tiens à la porte, et je frappe. Si quelqu'un entend ma voix et ouvre la porte, j'entrerai chez lui, je souperai avec lui, et lui avec moi.   21. Celui qui vaincra, je le ferai asseoir avec moi sur mon trône, comme moi j'ai vaincu et me suis assis avec mon Père sur son trône.   22. Que celui qui a des oreilles entende ce que l'Esprit dit aux Églises !

Apocalypse 4

1. Après cela, je regardai, et voici, une porte était ouverte dans le ciel. La première voix que j'avais entendue, comme le son d'une trompette, et qui me parlait, dit : Monte ici, et je te ferai voir ce qui doit arriver dans la suite. 2. Aussitôt je fus ravi en esprit. Et voici, il y avait un trône dans le ciel, et sur ce trône quelqu'un était assis. 3. Celui qui était assis avait l'aspect d'une pierre de jaspe et de sardoine ; et le trône était environné d'un arc-en-ciel semblable à de l'émeraude. 4. Autour du trône je vis vingt-quatre trônes, et sur ces trônes vingt-quatre vieillards assis, revêtus de vêtements blancs, et sur leurs têtes des couronnes d'or. 5. Du trône sortent des éclairs, des voix et des tonnerres. Devant le trône brûlent sept lampes ardentes, qui sont les sept esprits de Dieu. 6. Il y a encore devant le trône comme une mer de verre, semblable à du cristal. Au milieu du trône et autour du trône, il y a quatre êtres vivants remplis d'yeux devant et derrière. 7. Le premier être vivant est semblable à un lion, le second être vivant est semblable à un veau, le troisième être vivant a la face d'un homme, et le quatrième être vivant est semblable à un aigle qui vole. 8. Les quatre êtres vivants ont chacun six ailes, et ils sont remplis d'yeux tout autour et au dedans. Ils ne cessent de dire jour et nuit : Saint, saint, saint est le Seigneur Dieu, le Tout Puisant, qui était, qui est, et qui vient !

9. Quand les êtres vivants rendent gloire et honneur et actions de grâces à celui qui est assis sur le trône, à celui qui vit aux siècles des siècles, 10. les vingt-quatre vieillards se prosternent devant celui qui est assis sur le trône et ils adorent celui qui vit aux siècles des siècles,

et ils jettent leurs couronnes devant le trône, en disant :   11. Tu es digne, notre Seigneur et notre Dieu, de recevoir la gloire et l'honneur et la puissance ; car tu as créé toutes choses, et c'est par ta volonté qu'elles existent et qu'elles ont été créées.

Apocalypse 5

1. Puis je vis dans la main droite de celui qui était assis sur le trône un livre écrit en dedans et en dehors, scellé de sept sceaux.   2. Et je vis un ange puissant, qui criait d'une voix forte : Qui est digne d'ouvrir le livre, et d'en rompre les sceaux ?   3. Et personne dans le ciel, ni sur la terre, ni sous la terre, ne put ouvrir le livre ni le regarder.   4. Et je pleurai beaucoup de ce que personne ne fut trouvé digne d'ouvrir le livre ni de le regarder.   5. Et l'un des vieillards me dit : Ne pleure point ; voici, le lion de la tribu de Juda, le rejeton de David, a vaincu pour ouvrir le livre et ses sept sceaux.   6. Et je vis, au milieu du trône et des quatre êtres vivants et au milieu des vieillards, un agneau qui était là comme immolé. Il avait sept cornes et sept yeux, qui sont les sept esprits de Dieu envoyés par toute la terre.   7. Il vint, et il prit le livre de la main droite de celui qui était assis sur le trône.   8. Quand il eut pris le livre, les quatre êtres vivants et les vingt-quatre vieillards se prosternèrent devant l'agneau, tenant chacun une harpe et des coupes d'or remplies de parfums, qui sont les prières des saints.   9. Et ils chantaient un cantique nouveau, en disant : Tu es digne de prendre le livre, et d'en ouvrir les sceaux ; car tu as été immolé, et tu as racheté pour Dieu par ton sang des hommes de toute tribu, de toute langue, de tout peuple, et de toute nation ;

10. tu as fait d'eux un royaume et des sacrificateurs pour notre Dieu, et ils régneront sur la terre.   11. Je regardai, et j'entendis la voix de beaucoup d'anges autour du trône et des êtres vivants et des vieillards, et leur nombre était des myriades de myriades et des

milliers de milliers.   12. Ils disaient d'une voix forte : L'agneau qui a été immolé est digne de recevoir la puissance, la richesse, la sagesse, la force, l'honneur, la gloire, et la louange.   13. Et toutes les créatures qui sont dans le ciel, sur la terre, sous la terre, sur la mer, et tout ce qui s'y trouve, je les entendis qui disaient : A celui qui est assis sur le trône, et à l'agneau, soient la louange, l'honneur, la gloire, et la force, aux siècles des siècles !   14. Et les quatre êtres vivants disaient : Amen ! Et les vieillards se prosternèrent et adorèrent.

Apocalypse 6

1. Je regardai, quand l'agneau ouvrit un des sept sceaux, et j'entendis l'un des quatre êtres vivants qui disait comme d'une voix de tonnerre : Viens.   2. Je regardai, et voici, parut un cheval blanc. Celui qui le montait avait un arc ; une couronne lui fut donnée, et il partit en vainqueur et pour vaincre.   3. Quand il ouvrit le second sceau, j'entendis le second être vivant qui disait : Viens.   4. Et il sortit un autre cheval, roux. Celui qui le montait reçut le pouvoir d'enlever la paix de la terre, afin que les hommes s'égorgeassent les uns les autres ; et une grande épée lui fut donnée.   5. Quand il ouvrit le troisième sceau, j'entendis le troisième être vivant qui disait : Viens. Je regardai, et voici, parut un cheval noir. Celui qui le montait tenait une balance dans sa main.   6. Et j'entendis au milieu des quatre êtres vivants une voix qui disait : Une mesure de blé pour un denier, et trois mesures d'orge pour un denier ; mais ne fais point de mal à l'huile et au vin.   7. Quand il ouvrit le quatrième sceau, j'entendis la voix du quatrième être vivant qui disait : Viens.   8. Je regardai, et voici, parut un cheval d'une couleur pâle. Celui qui le montait se nommait la mort, et le séjour des morts l'accompagnait. Le pouvoir leur fut donné sur le quart de la terre, pour faire périr les hommes par l'épée, par la famine, par la mortalité, et par les bêtes sauvages de la terre.

9. Quand il ouvrit le cinquième sceau, je vis sous l'autel les âmes de ceux qui avaient été immolés à cause de la parole de Dieu et à cause du témoignage qu'ils avaient rendu.   10. Ils crièrent d'une voix forte, en disant : Jusques à quand, Maître saint et véritable, tarde-tu à juger,

et à tirer vengeance de notre sang sur les habitants de la terre ?   11. Une robe blanche fut donnée à chacun d'eux ; et il leur fut dit de se tenir en repos quelque temps encore, jusqu'à ce que fût complet le nombre de leurs compagnons de service et de leurs frères qui devaient être mis à mort comme eux.   12. Je regardai, quand il ouvrit le sixième sceau ; et il y eut un grand tremblement de terre, le soleil devint noir comme un sac de crin, la lune entière devint comme du sang,   13. et les étoiles du ciel tombèrent sur la terre, comme lorsqu'un figuier secoué par un vent violent jette ses figues vertes. 14. Le ciel se retira comme un livre qu'on roule ; et toutes les montagnes et les îles furent remuées de leurs places.   15. Les rois de la terre, les grands, les chefs militaires, les riches, les puissants, tous les esclaves et les hommes libres, se cachèrent dans les cavernes et dans les rochers des montagnes.   16. Et ils disaient aux montagnes et aux rochers : Tombez sur nous, et cachez-nous devant la face de celui qui est assis sur le trône, et devant la colère de l'agneau ;   17. car le grand jour de sa colère est venu, et qui peut subsister ?

Apocalypse 7

1. Après cela, je vis quatre anges debout aux quatre coins de la terre ; ils retenaient les quatre vents de la terre, afin qu'il ne soufflât point de vent sur la terre, ni sur la mer, ni sur aucun arbre. 2. Et je vis un autre ange, qui montait du côté du soleil levant, et qui tenait le sceau du Dieu vivant ; il cria d'une voix forte aux quatre anges à qui il avait été donné de faire du mal à la terre et à la mer, et il dit : 3. Ne faites point de mal à la terre, ni à la mer, ni aux arbres, jusqu'à ce que nous ayons marqué du sceau le front des serviteurs de notre Dieu. 4. Et j'entendis le nombre de ceux qui avaient été marqués du sceau, cent quarante-quatre mille, de toutes les tribus des fils d'Israël : 5. de la tribu de Juda, douze mille marqués du sceau ; de la tribu de Ruben, douze mille ; de la tribu de Gad, douze mille ; 6. de la tribu d'Aser, douze mille ; de la tribu de Nephthali, douze mille ; de la tribu de Manassé, douze mille ; 7. de la tribu de Siméon, douze mille ; de la tribu de Lévi, douze mille ; de la tribu d'Issacar, douze mille ; 8. de la tribu de Zabulon, douze mille ; de la tribu de Joseph, douze mille ; de la tribu de Benjamin, douze mille marqués du sceau. 9. Après cela, je regardai, et voici, il y avait une grande foule, que personne ne pouvait compter, de toute nation, de toute tribu, de tout peuple, et de toute langue. Ils se tenaient devant le trône et devant l'agneau, revêtus de robes blanches, et des palmes dans leurs mains.

10. Et ils criaient d'une voix forte, en disant : Le salut est à notre Dieu qui est assis sur le trône, et à l'agneau. 11. Et tous les anges se tenaient autour du trône et des vieillards et des quatre êtres vivants ; et ils se prosternèrent sur leur face devant le trône, et ils adorèrent

Dieu,   12. en disant : Amen ! La louange, la gloire, la sagesse, l'action de grâces, l'honneur, la puissance, et la force, soient à notre Dieu, aux siècles des siècles ! Amen !   13. Et l'un des vieillards prit la parole et me dit : Ceux qui sont revêtus de robes blanches, qui sont-ils, et d'où sont-ils venus ?   14. Je lui dis : Mon seigneur, tu le sais. Et il me dit : Ce sont ceux qui viennent de la grande tribulation ; ils ont lavé leurs robes, et ils les ont blanchies dans le sang de l'agneau.   15. C'est pour cela qu'ils sont devant le trône de Dieu, et le servent jour et nuit dans son temple. Celui qui est assis sur le trône dressera sa tente sur eux ;   16. ils n'auront plus faim, ils n'auront plus soif, et le soleil ne les frappera point, ni aucune chaleur.   17. Car l'agneau qui est au milieu du trône les paîtra et les conduira aux sources des eaux de la vie, et Dieu essuiera toute larme de leurs yeux.

Apocalypse 8

1. Quand il ouvrit le septième sceau, il y eut dans le ciel un silence d'environ une demi-heure.   2. Et je vis les sept anges qui se tiennent devant Dieu, et sept trompettes leur furent données.   3. Et un autre ange vint, et il se tint sur l'autel, ayant un encensoir d'or ; on lui donna beaucoup de parfums, afin qu'il les offrît, avec les prières de tous les saints, sur l'autel d'or qui est devant le trône.   4. La fumée des parfums monta, avec les prières des saints, de la main de l'ange devant Dieu.   5. Et l'ange prit l'encensoir, le remplit du feu de l'autel, et le jeta sur la terre. Et il y eut des voix, des tonnerres, des éclairs, et un tremblement de terre.   6. Et les sept anges qui avaient les sept trompettes se préparèrent à en sonner.   7. Le premier sonna de la trompette. Et il y eut de la grêle et du feu mêlés de sang, qui furent jetés sur la terre ; et le tiers de la terre fut brûlé, et le tiers des arbres fut brûlé, et toute herbe verte fut brûlée.   8. Le second ange sonna de la trompette. Et quelque chose comme une grande montagne embrasée par le feu fut jeté dans la mer ; et le tiers de la mer devint du sang,   9. et le tiers des créatures qui étaient dans la mer et qui avaient vie mourut, et le tiers des navires périt.   10. Le troisième ange sonna de la trompette. Et il tomba du ciel une grande étoile ardente comme un flambeau ; et elle tomba sur le tiers des fleuves et sur les sources des eaux.

11. Le nom de cette étoile est Absinthe ; et le tiers des eaux fut changé en absinthe, et beaucoup d'hommes moururent par les eaux, parce qu'elles étaient devenues amères.   12. Le quatrième ange sonna de la trompette. Et le tiers du soleil fut frappé, et le tiers de la

lune, et le tiers des étoiles, afin que le tiers en fût obscurci, et que le jour perdît un tiers de sa clarté, et la nuit de même.   13. Je regardai, et j'entendis un aigle qui volait au milieu du ciel, disant d'une voix forte : Malheur, malheur, malheur aux habitants de la terre, à cause des autres sons de la trompette des trois anges qui vont sonner !

Apocalypse 9

1. Le cinquième ange sonna de la trompette. Et je vis une étoile qui était tombée du ciel sur la terre. La clef du puits de l'abîme lui fut donnée,   2. et elle ouvrit le puits de l'abîme. Et il monta du puits une fumée, comme la fumée d'une grande fournaise ; et le soleil et l'air furent obscurcis par la fumée du puits.   3. De la fumée sortirent des sauterelles, qui se répandirent sur la terre ; et il leur fut donné un pouvoir comme le pouvoir qu'ont les scorpions de la terre.   4. Il leur fut dit de ne point faire de mal à l'herbe de la terre, ni à aucune verdure, ni à aucun arbre, mais seulement aux hommes qui n'avaient pas le sceau de Dieu sur le front.   5. Il leur fut donné, non de les tuer, mais de les tourmenter pendant cinq mois ; et le tourment qu'elles causaient était comme le tourment que cause le scorpion, quand il pique un homme.   6. En ces jours-là, les hommes chercheront la mort, et ils ne la trouveront pas ; ils désireront mourir, et la mort fuira loin d'eux.   7. Ces sauterelles ressemblaient à des chevaux préparés pour le combat ; il y avait sur leurs têtes comme des couronnes semblables à de l'or, et leurs visages étaient comme des visages d'hommes.   8. Elles avaient des cheveux comme des cheveux de femmes, et leurs dents étaient comme des dents de lions.   9. Elles avaient des cuirasses comme des cuirasses de fer, et le bruit de leurs ailes était comme un bruit de chars à plusieurs chevaux qui courent au combat.

10. Elles avaient des queues semblables à des scorpions et des aiguillons, et c'est dans leurs queues qu'était le pouvoir de faire du mal aux hommes pendant cinq mois.   11. Elles avaient sur elles

comme roi l'ange de l'abîme, nommé en hébreu Abaddon, et en grec Apollyon.   12. Le premier malheur est passé. Voici il vient encore deux malheurs après cela.   13. Le sixième ange sonna de la trompette. Et j'entendis une voix venant des quatre cornes de l'autel d'or qui est devant Dieu,   14. et disant au sixième ange qui avait la trompette : Délie les quatre anges qui sont liés sur le grand fleuve d'Euphrate.   15. Et les quatre anges qui étaient prêts pour l'heure, le jour, le mois et l'année, furent déliés afin qu'ils tuassent le tiers des hommes.   16. Le nombre des cavaliers de l'armée était de deux myriades de myriades : j'en entendis le nombre.   17. Et ainsi je vis les chevaux dans la vision, et ceux qui les montaient, ayant des cuirasses couleur de feu, d'hyacinthe, et de soufre. Les têtes des chevaux étaient comme des têtes de lions ; et de leurs bouches il sortait du feu, de la fumée, et du soufre.   18. Le tiers des hommes fut tué par ces trois fléaux, par le feu, par la fumée, et par le soufre, qui sortaient de leurs bouches.   19. Car le pouvoir des chevaux était dans leurs bouches et dans leurs queues ; leurs queues étaient semblables à des serpents ayant des têtes, et c'est avec elles qu'ils faisaient du mal.

20. Les autres hommes qui ne furent pas tués par ces fléaux ne se repentirent pas des oeuvres de leurs mains, de manière à ne point adorer les démons, et les idoles d'or, d'argent, d'airain, de pierre et de bois, qui ne peuvent ni voir, ni entendre, ni marcher ;   21. et ils ne se repentirent pas de leurs meurtres, ni de leurs enchantements, ni de leur impudicité ni de leurs vols.

Apocalypse 10

1. Je vis un autre ange puissant, qui descendait du ciel, enveloppé d'une nuée ; au-dessus de sa tête était l'arc-en-ciel, et son visage était comme le soleil, et ses pieds comme des colonnes de feu. 2. Il tenait dans sa main un petit livre ouvert. Il posa son pied droit sur la mer, et son pied gauche sur la terre ; 3. et il cria d'une voix forte, comme rugit un lion. Quand il cria, les sept tonnerres firent entendre leurs voix. 4. Et quand les sept tonnerres eurent fait entendre leurs voix, j'allais écrire ; et j'entendis du ciel une voix qui disait : Scelle ce qu'ont dit les sept tonnerres, et ne l'écris pas. 5. Et l'ange, que je voyais debout sur la mer et sur la terre, leva sa main droite vers le ciel, 6. et jura par celui qui vit aux siècles des siècles, qui a créé le ciel et les choses qui y sont, la terre et les choses qui y sont, et la mer et les choses qui y sont, qu'il n'y aurait plus de temps, 7. mais qu'aux jours de la voix du septième ange, quand il sonnerait de la trompette, le mystère de Dieu s'accomplirait, comme il l'a annoncé à ses serviteurs, les prophètes. 8. Et la voix, que j'avais entendue du ciel, me parla de nouveau, et dit : Va, prends le petit livre ouvert dans la main de l'ange qui se tient debout sur la mer et sur la terre. 9. Et j'allai vers l'ange, en lui disant de me donner le petit livre. Et il me dit : Prends-le, et avale-le ; il sera amer à tes entrailles, mais dans ta bouche il sera doux comme du miel. 10. Je pris le petit livre de la main de l'ange, et je l'avalai ; il fut dans ma bouche doux comme du miel, mais quand je l'eus avalé, mes entrailles furent remplies d'amertume. 11. Puis on me dit : Il faut que tu prophétises de nouveau sur beaucoup de peuples, de nations, de langues, et de rois.

Apocalypse 11

1. On me donna un roseau semblable à une verge, en disant : Lève-toi, et mesure le temple de Dieu, l'autel, et ceux qui y adorent.   2. Mais le parvis extérieur du temple, laisse-le en dehors, et ne le mesure pas ; car il a été donné aux nations, et elles fouleront aux pieds la ville sainte pendant quarante-deux mois.   3. Je donnerai à mes deux témoins le pouvoir de prophétiser, revêtus de sacs, pendant mille deux cent soixante jours.   4. Ce sont les deux oliviers et les deux chandeliers qui se tiennent devant le Seigneur de la terre.   5. Si quelqu'un veut leur faire du mal, du feu sort de leur bouche et dévore leurs ennemis ; et si quelqu'un veut leur faire du mal, il faut qu'il soit tué de cette manière.   6. Ils ont le pouvoir de fermer le ciel, afin qu'il ne tombe point de pluie pendant les jours de leur prophétie ; et ils ont le pouvoir de changer les eaux en sang, et de frapper la terre de toute espèce de plaie, chaque fois qu'ils le voudront.   7. Quand ils auront achevé leur témoignage, la bête qui monte de l'abîme leur fera la guerre, les vaincra, et les tuera.   8. Et leurs cadavres seront sur la place de la grande ville, qui est appelée, dans un sens spirituel, Sodome et Égypte, là même où leur Seigneur a été crucifié.   9. Des hommes d'entre les peuples, les tribus, les langues, et les nations, verront leurs cadavres pendant trois jours et demi, et ils ne permettront pas que leurs cadavres soient mis dans un sépulcre.

10. Et à cause d'eux les habitants de la terre se réjouiront et seront dans l'allégresse, et ils s'enverront des présents les uns aux autres, parce que ces deux prophètes ont tourmenté les habitants de la terre. 11. Après les trois jours et demi, un esprit de vie, venant de Dieu,

entra en eux, et ils se tinrent sur leurs pieds ; et une grande crainte s'empara de ceux qui les voyaient. 12. Et ils entendirent du ciel une voix qui leur disait : Montez ici ! Et ils montèrent au ciel dans la nuée ; et leurs ennemis les virent. 13. A cette heure-là, il y eut un grand tremblement de terre, et la dixième partie de la ville, tomba ; sept mille hommes furent tués dans ce tremblement de terre, et les autres furent effrayés et donnèrent gloire au Dieu du ciel. 14. Le second malheur est passé. Voici, le troisième malheur vient bientôt. 15. Le septième ange sonna de la trompette. Et il y eut dans le ciel de fortes voix qui disaient : Le royaume du monde est remis à notre Seigneur et à son Christ ; et il régnera aux siècles des siècles. 16. Et les vingt-quatre vieillards, qui étaient assis devant Dieu sur leurs trônes, se prosternèrent sur leurs faces, et ils adorèrent Dieu, 17. en disant : Nous te rendons grâces, Seigneur Dieu tout puissant, qui es, et qui étais, de ce que car tu as saisi ta grande puissance et pris possession de ton règne.

18. Les nations se sont irritées ; et ta colère est venue, et le temps est venu de juger les morts, de récompenser tes serviteurs les prophètes, les saints et ceux qui craignent ton nom, les petits et les grands, et de détruire ceux qui détruisent la terre. 19. Et le temple de Dieu dans le ciel fut ouvert, et l'arche de son alliance apparut dans son temple. Et il y eut des éclairs, des voix, des tonnerres, un tremblement de terre, et une forte grêle.

Apocalypse 12

1. Un grand signe parut dans le ciel : une femme enveloppée du soleil, la lune sous ses pieds, et une couronne de douze étoiles sur sa tête.   2. Elle était enceinte, et elle criait, étant en travail et dans les douleurs de l'enfantement.   3. Un autre signe parut encore dans le ciel ; et voici, c'était un grand dragon rouge, ayant sept têtes et dix cornes, et sur ses têtes sept diadèmes.   4. Sa queue entraînait le tiers des étoiles du ciel, et les jetait sur la terre. Le dragon se tint devant la femme qui allait enfanter, afin de dévorer son enfant, lorsqu'elle aurait enfanté.   5. Elle enfanta un fils, qui doit paître toutes les nations avec une verge de fer. Et son enfant fut enlevé vers Dieu et vers son trône.   6. Et la femme s'enfuit dans le désert, où elle avait un lieu préparé par Dieu, afin qu'elle y fût nourrie pendant mille deux cent soixante jours.   7. Et il y eut guerre dans le ciel. Michel et ses anges combattirent contre le dragon. Et le dragon et ses anges combattirent,   8. mais ils ne furent pas les plus forts, et leur place ne fut plus trouvée dans le ciel.   9. Et il fut précipité, le grand dragon, le serpent ancien, appelé le diable et Satan, celui qui séduit toute la terre, il fut précipité sur la terre, et ses anges furent précipités avec lui.

10. Et j'entendis dans le ciel une voix forte qui disait : Maintenant le salut est arrivé, et la puissance, et le règne de notre Dieu, et l'autorité de son Christ ; car il a été précipité, l'accusateur de nos frères, celui qui les accusait devant notre Dieu jour et nuit.   11. Ils l'ont vaincu à cause du sang de l'agneau et à cause de la parole de leur témoignage, et ils n'ont pas aimé leur vie jusqu'à craindre la mort.   12. C'est

pourquoi réjouissez-vous, cieux, et vous qui habitez dans les cieux. Malheur à la terre et à la mer ! car le diable est descendu vers vous, animé d'une grande colère, sachant qu'il a peu de temps.   13. Quand le dragon vit qu'il avait été précipité sur la terre, il poursuivit la femme qui avait enfanté l'enfant mâle.   14. Et les deux ailes du grand aigle furent données à la femme, afin qu'elle s'envolât au désert, vers son lieu, où elle est nourrie un temps, des temps, et la moitié d'un temps, loin de la face du serpent.   15. Et, de sa bouche, le serpent lança de l'eau comme un fleuve derrière la femme, afin de l'entraîner par le fleuve.   16. Et la terre secourut la femme, et la terre ouvrit sa bouche et engloutit le fleuve que le dragon avait lancé de sa bouche.   17. Et le dragon fut irrité contre la femme, et il s'en alla faire la guerre au restes de sa postérité, à ceux qui gardent les commandements de Dieu et qui ont le témoignage de Jésus.

Apocalypse 13

1. Et il se tint sur le sable de la mer. Puis je vis monter de la mer une bête qui avait dix cornes et sept têtes, et sur ses cornes dix diadèmes, et sur ses têtes des noms de blasphème.   2. La bête que je vis était semblable à un léopard ; ses pieds étaient comme ceux d'un ours, et sa gueule comme une gueule de lion. Le dragon lui donna sa puissance, et son trône, et une grande autorité.   3. Et je vis l'une de ses têtes comme blessée à mort ; mais sa blessure mortelle fut guérie. Et toute la terre était dans l'admiration derrière la bête.   4. Et ils adorèrent le dragon, parce qu'il avait donné l'autorité à la bête ; ils adorèrent la bête, en disant : Qui est semblable à la bête, et qui peut combattre contre elle ?   5. Et il lui fut donné une bouche qui proférait des paroles arrogantes et des blasphèmes ; et il lui fut donné le pouvoir d'agir pendant quarante-deux mois.   6. Et elle ouvrit sa bouche pour proférer des blasphèmes contre Dieu, pour blasphémer son nom, et son tabernacle, et ceux qui habitent dans le ciel.   7. Et il lui fut donné de faire la guerre aux saints, et de les vaincre. Et il lui fut donné autorité sur toute tribu, tout peuple, toute langue, et toute nation.   8. Et tous les habitants de la terre l'adoreront, ceux dont le nom n'a pas été écrit dès la fondation du monde dans le livre de vie de l'agneau qui a été immolé.   9. Si quelqu'un a des oreilles, qu'il entende !   10. Si quelqu'un mène en captivité, il ira en captivité ; si quelqu'un tue par l'épée, il faut qu'il soit tué par l'épée. C'est ici la persévérance et la foi des saints.

11. Puis je vis monter de la terre une autre bête, qui avait deux cornes semblables à celles d'un agneau, et qui parlait comme un dragon.

12. Elle exerçait toute l'autorité de la première bête en sa présence, et elle faisait que la terre et ses habitants adoraient la première bête, dont la blessure mortelle avait été guérie.   13. Elle opérait de grands prodiges, même jusqu'à faire descendre du feu du ciel sur la terre, à la vue des hommes.   14. Et elle séduisait les habitants de la terre par les prodiges qu'il lui était donné d'opérer en présence de la bête, disant aux habitants de la terre de faire une image à la bête qui avait la blessure de l'épée et qui vivait.   15. Et il lui fut donné d'animer l'image de la bête, afin que l'image de la bête parlât, et qu'elle fît que tous ceux qui n'adoreraient pas l'image de la bête fussent tués.   16. Et elle fit que tous, petits et grands, riches et pauvres, libres et esclaves, reçussent une marque sur leur main droite ou sur leur front, 17. et que personne ne pût acheter ni vendre, sans avoir la marque, le nom de la bête ou le nombre de son nom.   18. C'est ici la sagesse. Que celui qui a de l'intelligence calcule le nombre de la bête. Car c'est un nombre d'homme, et son nombre est six cent soixante-six.

Apocalypse 14

1. Je regardai, et voici, l'agneau se tenait sur la montagne de Sion, et avec lui cent quarante-quatre mille personnes, qui avaient son nom et le nom de son Père écrits sur leurs fronts. 2. Et j'entendis du ciel une voix, comme un bruit de grosses eaux, comme le bruit d'un grand tonnerre ; et la voix que j'entendis était comme celle de joueurs de harpes jouant de leurs harpes. 3. Et ils chantaient un cantique nouveau devant le trône, et devant les quatre êtres vivants et les vieillards. Et personne ne pouvait apprendre le cantique, si ce n'est les cent quarante-quatre mille, qui avaient été rachetés de la terre. 4. Ce sont ceux qui ne se sont pas souillés avec des femmes, car ils sont vierges ; ils suivent l'agneau partout où il va. Ils ont été rachetés d'entre les hommes, comme des prémices pour Dieu et pour l'agneau ; 5. et dans leur bouche il ne s'est point trouvé de mensonge, car ils sont irrépréhensibles. 6. Je vis un autre ange qui volait par le milieu du ciel, ayant un Évangile éternel, pour l'annoncer aux habitants de la terre, à toute nation, à toute tribu, à toute langue, et à tout peuple. 7. Il disait d'une voix forte : Craignez Dieu, et donnez-lui gloire, car l'heure de son jugement est venue ; et adorez celui qui a fait le ciel, et la terre, et la mer, et les sources d'eaux. 8. Et un autre, un second ange suivit, en disant : Elle est tombée, elle est tombée, Babylone la grande, qui a abreuvé toutes les nations du vin de la fureur de son impudicité !

9. Et un autre, un troisième ange les suivit, en disant d'une voix forte : Si quelqu'un adore la bête et son image, et reçoit une marque sur son front ou sur sa main, 10. il boira, lui aussi, du vin de la

fureur de Dieu, versé sans mélange dans la coupe de sa colère, et il sera tourmenté dans le feu et le soufre, devant les saints anges et devant l'agneau.   11. Et la fumée de leur tourment monte aux siècles des siècles ; et ils n'ont de repos ni jour ni nuit, ceux qui adorent la bête et son image, et quiconque reçoit la marque de son nom.   12. C'est ici la persévérance des saints, qui gardent les commandements de Dieu et la foi de Jésus.   13. Et j'entendis du ciel une voix qui disait : Écris : Heureux dès à présent les morts qui meurent dans le Seigneur ! Oui, dit l'Esprit, afin qu'ils se reposent de leurs travaux, car leurs oeuvres les suivent.   14. Je regardai, et voici, il y avait une nuée blanche, et sur la nuée était assis quelqu'un qui ressemblait à un fils d'homme, ayant sur sa tête une couronne d'or, et dans sa main une faucille tranchante.   15. Et un autre ange sortit du temple, criant d'une voix forte à celui qui était assis sur la nuée : Lance ta faucille, et moissonne ; car l'heure de moissonner est venue, car la moisson de la terre est mûre.   16. Et celui qui était assis sur la nuée jeta sa faucille sur la terre. Et la terre fut moissonnée.   17. Et un autre ange sortit du temple qui est dans le ciel, ayant, lui aussi, une faucille tranchante.

18. Et un autre ange, qui avait autorité sur le feu, sortit de l'autel, et s'adressa d'une voix forte à celui qui avait la faucille tranchante, disant : Lance ta faucille tranchante, et vendange les grappes de la vigne de la terre ; car les raisins de la terre sont mûrs.   19. Et l'ange jeta sa faucille sur la terre. Et il vendangea la vigne de la terre, et jeta la vendange dans la grande cuve de la colère de Dieu.   20. Et la cuve fut foulée hors de la ville ; et du sang sortit de la cuve, jusqu'aux mors des chevaux, sur une étendue de mille six cents stades.

Apocalypse 15

1. Puis je vis dans le ciel un autre signe, grand et admirable : sept anges, qui tenaient sept fléaux, les derniers, car par eux s'accomplit la colère de Dieu. 2. Et je vis comme une mer de verre, mêlée de feu, et ceux qui avaient vaincu la bête, et son image, et le nombre de son nom, debout sur la mer de verre, ayant des harpes de Dieu. 3. Et ils chantent le cantique de Moïse, le serviteur de Dieu, et le cantique de l'agneau, en disant : Tes oeuvres sont grandes et admirables, Seigneur Dieu tout puissant ! Tes voies sont justes et véritables, roi des nations ! 4. Qui ne craindrait, Seigneur, et ne glorifierait ton nom ? Car seul tu es saint. Et toutes les nations viendront, et se prosterneront devant toi, parce que tes jugements ont été manifestés. 5. Après cela, je regardai, et le temple du tabernacle du témoignage fut ouvert dans le ciel. 6. Et les sept anges qui tenaient les sept fléaux sortirent du temple, revêtus d'un lin pur, éclatant, et ayant des ceintures d'or autour de la poitrine. 7. Et l'un des quatre êtres vivants donna aux sept anges sept coupes d'or, pleines de la colère du Dieu qui vit aux siècles des siècles. 8. Et le temple fut rempli de fumée, à cause de la gloire de Dieu et de sa puissance ; et personne ne pouvait entrer dans le temple, jusqu'à ce que les sept fléaux des sept anges fussent accomplis.

Apocalypse 16

1. Et j'entendis une voix forte qui venait du temple, et qui disait aux sept anges : Allez, et versez sur la terre les sept coupes de la colère de Dieu.   2. Le premier alla, et il versa sa coupe sur la terre. Et un ulcère malin et douloureux frappa les hommes qui avaient la marque de la bête et qui adoraient son image.   3. Le second versa sa coupe dans la mer. Et elle devint du sang, comme celui d'un mort ; et tout être vivant mourut, tout ce qui était dans la mer.   4. Le troisième versa sa coupe dans les fleuves et dans les sources d'eaux. Et ils devinrent du sang.   5. Et j'entendis l'ange des eaux qui disait : Tu es juste, toi qui es, et qui étais ; tu es saint, parce que tu as exercé ce jugement.   6. Car ils ont versé le sang des saints et des prophètes, et tu leur as donné du sang à boire : ils en sont dignes.   7. Et j'entendis l'autel qui disait : Oui, Seigneur Dieu tout puissant, tes jugements sont véritables et justes.   8. Le quatrième versa sa coupe sur le soleil. Et il lui fut donné de brûler les hommes par le feu ;   9. et les hommes furent brûlés par une grande chaleur, et ils blasphémèrent le nom du Dieu qui a l'autorité sur ces fléaux, et ils ne se repentirent pas pour lui donner gloire.   10. Le cinquième versa sa coupe sur le trône de la bête. Et son royaume fut couvert de ténèbres ; et les hommes se mordaient la langue de douleur,   11. et ils blasphémèrent le Dieu du ciel, à cause de leurs douleurs et de leurs ulcères, et ils ne se repentirent pas de leurs oeuvres.

12. Le sixième versa sa coupe sur le grand fleuve, l'Euphrate. Et son eau tarit, afin que le chemin des rois venant de l'Orient fût préparé. 13. Et je vis sortir de la bouche du dragon, et de la bouche de la bête,

et de la bouche du faux prophète, trois esprits impurs, semblables à des grenouilles.   14. Car ce sont des esprits de démons, qui font des prodiges, et qui vont vers les rois de toute la terre, afin de les rassembler pour le combat du grand jour du Dieu tout puissant.   15. Voici, je viens comme un voleur. Heureux celui qui veille, et qui garde ses vêtements, afin qu'il ne marche pas nu et qu'on ne voie pas sa honte ! -   16. Ils les rassemblèrent dans le lieu appelé en hébreu Harmaguédon.   17. Le septième versa sa coupe dans l'air. Et il sortit du temple, du trône, une voix forte qui disait : C'en est fait !   18. Et il y eut des éclairs, des voix, des tonnerres, et un grand tremblement de terre, tel qu'il n'y avait jamais eu depuis que l'homme est sur la terre, un aussi grand tremblement.   19. Et la grande ville fut divisée en trois parties, et les villes des nations tombèrent, et Dieu, se souvint de Babylone la grande, pour lui donner la coupe du vin de son ardente colère.   20. Et toutes les îles s'enfuirent, et les montagnes ne furent pas retrouvées.   21. Et une grosse grêle, dont les grêlons pesaient un talent, tomba du ciel sur les hommes ; et les hommes blasphémèrent Dieu, à cause du fléau de la grêle, parce que ce fléau était très grand.

Apocalypse 17

1. Puis un des sept anges qui tenaient les sept coupes vint, et il m'adressa la parole, en disant : Viens, je te montrerai le jugement de la grande prostituée qui est assise sur les grandes eaux.   2. C'est avec elle que les rois de la terre se sont livrés à l'impudicité, et c'est du vin de son impudicité que les habitants de la terre se sont enivrés.   3. Il me transporta en esprit dans un désert. Et je vis une femme assise sur une bête écarlate, pleine de noms de blasphème, ayant sept têtes et dix cornes.   4. Cette femme était vêtue de pourpre et d'écarlate, et parée d'or, de pierres précieuses et de perles. Elle tenait dans sa main une coupe d'or, remplie d'abominations et des impuretés de sa prostitution.   5. Sur son front était écrit un nom, un mystère : Babylone la grande, la mère des impudiques et des abominations de la terre.   6. Et je vis cette femme ivre du sang des saints et du sang des témoins de Jésus. Et, en la voyant, je fus saisi d'un grand étonnement.   7. Et l'ange me dit : Pourquoi t'étonnes-tu ? Je te dirai le mystère de la femme et de la bête qui la porte, qui a les sept têtes et les dix cornes.   8. La bête que tu as vue était, et elle n'est plus. Elle doit monter de l'abîme, et aller à la perdition. Et les habitants de la terre, ceux dont le nom n'a pas été écrit dès la fondation du monde dans le livre de vie, s'étonneront en voyant la bête, parce qu'elle était, et qu'elle n'est plus, et qu'elle reparaîtra. -

9. C'est ici l'intelligence qui a de la sagesse. -Les sept têtes sont sept montagnes, sur lesquelles la femme est assise.   10. Ce sont aussi sept rois : cinq sont tombés, un existe, l'autre n'est pas encore venu, et quand il sera venu, il doit rester peu de temps.   11. Et la bête qui

était, et qui n'est plus, est elle-même un huitième roi, et elle est du nombre des sept, et elle va à la perdition.   12. Les dix cornes que tu as vues sont dix rois, qui n'ont pas encore reçu de royaume, mais qui reçoivent autorité comme rois pendant une heure avec la bête.   13. Ils ont un même dessein, et ils donnent leur puissance et leur autorité à la bête.   14. Ils combattront contre l'agneau, et l'agneau les vaincra, parce qu'il est le Seigneur des seigneurs et le Roi des rois, et les appelés, les élus et les fidèles qui sont avec lui les vaincront aussi. 15. Et il me dit : Les eaux que tu as vues, sur lesquelles la prostituée est assise, ce sont des peuples, des foules, des nations, et des langues. 16. Les dix cornes que tu as vues et la bête haïront la prostituée, la dépouilleront et la mettront à nu, mangeront ses chairs, et la consumeront par le feu.   17. Car Dieu a mis dans leurs coeurs d'exécuter son dessein et d'exécuter un même dessein, et de donner leur royauté à la bête, jusqu'à ce que les paroles de Dieu soient accomplies.   18. Et la femme que tu as vue, c'est la grande ville qui a la royauté sur les rois de la terre.

Apocalypse 18

1. Après cela, je vis descendre du ciel un autre ange, qui avait une grande autorité ; et la terre fut éclairée de sa gloire.   2. Il cria d'une voix forte, disant : Elle est tombée, elle est tombée, Babylone la grande ! Elle est devenue une habitation de démons, un repaire de tout esprit impur, un repaire de tout oiseau impur et odieux,   3. parce que toutes les nations ont bu du vin de la fureur de son impudicité, et que les rois de la terre se sont livrés avec elle à l'impudicité, et que les marchands de la terre se sont enrichis par la puissance de son luxe.   4. Et j'entendis du ciel une autre voix qui disait : Sortez du milieu d'elle, mon peuple, afin que vous ne participiez point à ses péchés, et que vous n'ayez point de part à ses fléaux.   5. Car ses péchés se sont accumulés jusqu'au ciel, et Dieu s'est souvenu de ses iniquités.   6. Payez-la comme elle a payé, et rendez-lui au double selon ses oeuvres. Dans la coupe où elle a versé, versez-lui au double.   7. Autant elle s'est glorifiée et plongée dans le luxe, autant donnez-lui de tourment et de deuil. Parce qu'elle dit en son coeur : Je suis assise en reine, je ne suis point veuve, et je ne verrai point de deuil !   8. A cause de cela, en un même jour, ses fléaux arriveront, la mort, le deuil et la famine, et elle sera consumée par le feu. Car il est puissant, le Seigneur Dieu qui l'a jugée.   9. Et tous les rois de la terre, qui se sont livrés avec elle à l'impudicité et au luxe, pleureront et se lamenteront à cause d'elle, quand ils verront la fumée de son embrasement.

10. Se tenant éloignés, dans la crainte de son tourment, ils diront : Malheur ! malheur ! La grande ville, Babylone, la ville puissante !

En une seule heure est venu ton jugement !   11. Et les marchands de la terre pleurent et sont dans le deuil à cause d'elle, parce que personne n'achète plus leur cargaison,   12. cargaison d'or, d'argent, de pierres précieuses, de perles, de fin lin, de pourpre, de soie, d'écarlate, de toute espèce de bois de senteur, de toute espèce d'objets d'ivoire, de toute espèce d'objets en bois très précieux, en airain, en fer et en marbre,   13. de cinnamome, d'aromates, de parfums, de myrrhe, d'encens, de vin, d'huile, de fine farine, de blé, de boeufs, de brebis, de chevaux, de chars, de corps et d'âmes d'hommes.   14. Les fruits que désirait ton âme sont allés loin de toi ; et toutes les choses délicates et magnifiques sont perdues pour toi, et tu ne les retrouveras plus.   15. Les marchands de ces choses, qui se sont enrichis par elle, se tiendront éloignés, dans la crainte de son tourment ; ils pleureront et seront dans le deuil,   16. et diront : Malheur ! malheur ! La grande ville, qui était vêtue de fin lin, de pourpre et d'écarlate, et parée d'or, de pierres précieuses et de perles ! En une seule heure tant de richesses ont été détruites !   17. Et tous les pilotes, tous ceux qui naviguent vers ce lieu, les marins, et tous ceux qui exploitent la mer, se tenaient éloignés,

18. et ils s'écriaient, en voyant la fumée de son embrasement : Quelle ville était semblable à la grande ville ?   19. Ils jetaient de la poussière sur leurs têtes, ils pleuraient et ils étaient dans le deuil, ils criaient et disaient : Malheur ! malheur ! La grande ville, où se sont enrichis par son opulence tous ceux qui ont des navires sur la mer, en une seule heure elle a été détruite !   20. Ciel, réjouis-toi sur elle ! Et vous, les saints, les apôtres, et les prophètes, réjouissez-vous aussi ! Car Dieu vous a fait justice en la jugeant.   21. Alors un ange puissant prit une pierre semblable à une grande meule, et il la jeta dans la mer, en disant : Ainsi sera précipitée avec violence Babylone, la grande ville, et elle ne sera plus trouvée.   22. Et l'on n'entendra plus chez toi les sons des joueurs de harpe, des musiciens, des joueurs de flûte et des joueurs de trompette, on ne trouvera plus chez toi aucun artisan d'un métier quelconque, on n'entendra plus chez toi le bruit de la meule,   23. la lumière de la lampe ne brillera plus chez toi, et la voix de l'époux et de l'épouse ne sera plus entendue chez toi, parce que tes

marchands étaient les grands de la terre, parce que toutes les nations ont été séduites par tes enchantements,   24. et parce qu'on a trouvé chez elle le sang des prophètes et des saints et de tous ceux qui ont été égorgés sur la terre.

Apocalypse 19

1. Après cela, j'entendis dans le ciel comme une voix forte d'une foule nombreuse qui disait : Alléluia ! Le salut, la gloire, et la puissance sont à notre Dieu,   2. parce que ses jugements sont véritables et justes ; car il a jugé la grande prostituée qui corrompait la terre par son impudicité, et il a vengé le sang de ses serviteurs en le redemandant de sa main.   3. Et ils dirent une seconde fois : Alléluia ! ...et sa fumée monte aux siècles des siècles.   4. Et les vingt-quatre vieillards et les quatre êtres vivants se prosternèrent et adorèrent Dieu assis sur le trône, en disant : Amen ! Alléluia !   5. Et une voix sortit du trône, disant : Louez notre Dieu, vous tous ses serviteurs, vous qui le craignez, petits et grands !   6. Et j'entendis comme une voix d'une foule nombreuse, comme un bruit de grosses eaux, et comme un bruit de forts tonnerres, disant : Alléluia ! Car le Seigneur notre Dieu tout puissant est entré dans son règne.   7. Réjouissons-nous et soyons dans l'allégresse, et donnons-lui gloire ; car les noces de l'agneau sont venues, et son épouse s'est préparée,   8. et il lui a été donné de se revêtir d'un fin lin, éclatant, pur. Car le fin lin, ce sont les oeuvres justes des saints.   9. Et l'ange me dit : Écris : Heureux ceux qui sont appelés au festin des noces de l'agneau ! Et il me dit : Ces paroles sont les véritables paroles de Dieu.

10. Et je tombai à ses pieds pour l'adorer ; mais il me dit : Garde-toi de le faire ! Je suis ton compagnon de service, et celui de tes frères qui ont le témoignage de Jésus. Adore Dieu. -Car le témoignage de Jésus est l'esprit de la prophétie.   11. Puis je vis le ciel ouvert, et voici, parut un cheval blanc. Celui qui le montait s'appelle Fidèle et

Véritable, et il juge et combat avec justice.   12. Ses yeux étaient comme une flamme de feu ; sur sa tête étaient plusieurs diadèmes ; il avait un nom écrit, que personne ne connaît, si ce n'est lui-même ; 13. et il était revêtu d'un vêtement teint de sang. Son nom est la Parole de Dieu.   14. Les armées qui sont dans le ciel le suivaient sur des chevaux blancs, revêtues d'un fin lin, blanc, pur.   15. De sa bouche sortait une épée aiguë, pour frapper les nations ; il les paîtra avec une verge de fer ; et il foulera la cuve du vin de l'ardente colère du Dieu tout puissant.   16. Il avait sur son vêtement et sur sa cuisse un nom écrit : Roi des rois et Seigneur des seigneurs.   17. Et je vis un ange qui se tenait dans le soleil. Et il cria d'une voix forte, disant à tous les oiseaux qui volaient par le milieu du ciel : Venez, rassemblez-vous pour le grand festin de Dieu,   18. afin de manger la chair des rois, la chair des chefs militaires, la chair des puissants, la chair des chevaux et de ceux qui les montent, la chair de tous, libres et esclaves, petits et grands.

19. Et je vis la bête, et les rois de la terre, et leurs armées rassemblés pour faire la guerre à celui qui était assis sur le cheval et à son armée. 20. Et la bête fut prise, et avec elle le faux prophète, qui avait fait devant elle les prodiges par lesquels il avait séduit ceux qui avaient pris la marque de la bête et adoré son image. Ils furent tous les deux jetés vivants dans l'étang ardent de feu et de soufre.   21. Et les autres furent tués par l'épée qui sortait de la bouche de celui qui était assis sur le cheval ; et tous les oiseaux se rassasièrent de leur chair.

Apocalypse 20

1. Puis je vis descendre du ciel un ange, qui avait la clef de l'abîme et une grande chaîne dans sa main.   2. Il saisit le dragon, le serpent ancien, qui est le diable et Satan, et il le lia pour mille ans.   3. Il le jeta dans l'abîme, ferma et scella l'entrée au-dessus de lui, afin qu'il ne séduisît plus les nations, jusqu'à ce que les mille ans fussent accomplis. Après cela, il faut qu'il soit délié pour un peu de temps. 4. Et je vis des trônes ; et à ceux qui s'y assirent fut donné le pouvoir de juger. Et je vis les âmes de ceux qui avaient été décapités à cause du témoignage de Jésus et à cause de la parole de Dieu, et de ceux qui n'avaient pas adoré la bête ni son image, et qui n'avaient pas reçu la marque sur leur front et sur leur main. Ils revinrent à la vie, et ils régnèrent avec Christ pendant mille ans.   5. Les autres morts ne revinrent point à la vie jusqu'à ce que les mille ans fussent accomplis. C'est la première résurrection.   6. Heureux et saints ceux qui ont part à la première résurrection ! La seconde mort n'a point de pouvoir sur eux ; mais ils seront sacrificateurs de Dieu et de Christ, et ils régneront avec lui pendant mille ans.   7. Quand les mille ans seront accomplis, Satan sera relâché de sa prison.   8. Et il sortira pour séduire les nations qui sont aux quatre coins de la terre, Gog et Magog, afin de les rassembler pour la guerre ; leur nombre est comme le sable de la mer.

9. Et ils montèrent sur la surface de la terre, et ils investirent le camp des saints et la ville bien-aimée. Mais un feu descendit du ciel, et les dévora.   10. Et le diable, qui les séduisait, fut jeté dans l'étang de feu et de soufre, où sont la bête et le faux prophète. Et ils seront

tourmentés jour et nuit, aux siècles des siècles.   11. Puis je vis un grand trône blanc, et celui qui était assis dessus. La terre et le ciel s'enfuirent devant sa face, et il ne fut plus trouvé de place pour eux. 12. Et je vis les morts, les grands et les petits, qui se tenaient devant le trône. Des livres furent ouverts. Et un autre livre fut ouvert, celui qui est le livre de vie. Et les morts furent jugés selon leurs oeuvres, d'après ce qui était écrit dans ces livres.   13. La mer rendit les morts qui étaient en elle, la mort et le séjour des morts rendirent les morts qui étaient en eux ; et chacun fut jugé selon ses oeuvres.   14. Et la mort et le séjour des morts furent jetés dans l'étang de feu. C'est la seconde mort, l'étang de feu.   15. Quiconque ne fut pas trouvé écrit dans le livre de vie fut jeté dans l'étang de feu.

Apocalypse 21

1. Puis je vis un nouveau ciel et une nouvelle terre ; car le premier ciel et la première terre avaient disparu, et la mer n'était plus.   2. Et je vis descendre du ciel, d'auprès de Dieu, la ville sainte, la nouvelle Jérusalem, préparée comme une épouse qui s'est parée pour son époux.   3. Et j'entendis du trône une forte voix qui disait : Voici le tabernacle de Dieu avec les hommes ! Il habitera avec eux, et ils seront son peuple, et Dieu lui-même sera avec eux.   4. Il essuiera toute larme de leurs yeux, et la mort ne sera plus, et il n'y aura plus ni deuil, ni cri, ni douleur, car les premières choses ont disparu.   5. Et celui qui était assis sur le trône dit : Voici, je fais toutes choses nouvelles. Et il dit : Écris ; car ces paroles sont certaines et véritables.   6. Et il me dit : C'est fait ! Je suis l'alpha et l'oméga, le commencement et la fin. A celui qui a soif je donnerai de la source de l'eau de la vie, gratuitement.   7. Celui qui vaincra héritera ces choses ; je serai son Dieu, et il sera mon fils.   8. Mais pour les lâches, les incrédules, les abominables, les meurtriers, les impudiques, les enchanteurs, les idolâtres, et tous les menteurs, leur part sera dans l'étang ardent de feu et de soufre, ce qui est la seconde mort.   9. Puis un des sept anges qui tenaient les sept coupes remplies des sept derniers fléaux vint, et il m'adressa la parole, en disant : Viens, je te montrerai l'épouse, la femme de l'agneau.

10. Et il me transporta en esprit sur une grande et haute montagne. Et il me montra la ville sainte, Jérusalem, qui descendait du ciel d'auprès de Dieu, ayant la gloire de Dieu.   11. Son éclat était semblable à celui d'une pierre très précieuse, d'une pierre de jaspe

transparente comme du cristal.   12. Elle avait une grande et haute muraille. Elle avait douze portes, et sur les portes douze anges, et des noms écrits, ceux des douze tribus des fils d'Israël :   13. à l'orient trois portes, au nord trois portes, au midi trois portes, et à l'occident trois portes.   14. La muraille de la ville avait douze fondements, et sur eux les douze noms des douze apôtres de l'agneau.   15. Celui qui me parlait avait pour mesure un roseau d'or, afin de mesurer la ville, ses portes et sa muraille.   16. La ville avait la forme d'un carré, et sa longueur était égale à sa largeur. Il mesura la ville avec le roseau, et trouva douze mille stades ; la longueur, la largeur et la hauteur en étaient égales.   17. Il mesura la muraille, et trouva cent quarante-quatre coudées, mesure d'homme, qui était celle de l'ange.   18. La muraille était construite en jaspe, et la ville était d'or pur, semblable à du verre pur.   19. Les fondements de la muraille de la ville étaient ornés de pierres précieuses de toute espèce : le premier fondement était de jaspe, le second de saphir, le troisième de calcédoine, le quatrième d'émeraude,

20. le cinquième de sardonyx, le sixième de sardoine, le septième de chrysolithe, le huitième de béryl, le neuvième de topaze, le dixième de chrysoprase, le onzième d'hyacinthe, le douzième d'améthyste. 21. Les douze portes étaient douze perles ; chaque porte était d'une seule perle. La place de la ville était d'or pur, comme du verre transparent.   22. Je ne vis point de temple dans la ville ; car le Seigneur Dieu tout puissant est son temple, ainsi que l'agneau.   23. La ville n'a besoin ni du soleil ni de la lune pour l'éclairer ; car la gloire de Dieu l'éclaire, et l'agneau est son flambeau.   24. Les nations marcheront à sa lumière, et les rois de la terre y apporteront leur gloire.   25. Ses portes ne se fermeront point le jour, car là il n'y aura point de nuit.   26. On y apportera la gloire et l'honneur des nations.   27. Il n'entrera chez elle rien de souillé, ni personne qui se livre à l'abomination et au mensonge ; il n'entrera que ceux qui sont écrits dans le livre de vie de l'agneau.

Apocalypse 22

1. Et il me montra un fleuve d'eau de la vie, limpide comme du cristal, qui sortait du trône de Dieu et de l'agneau.   2. Au milieu de la place de la ville et sur les deux bords du fleuve, il y avait un arbre de vie, produisant douze fois des fruits, rendant son fruit chaque mois, et dont les feuilles servaient à la guérison des nations.   3. Il n'y aura plus d'anathème. Le trône de Dieu et de l'agneau sera dans la ville ; ses serviteurs le serviront et verront sa face,   4. et son nom sera sur leurs fronts.   5. Il n'y aura plus de nuit ; et ils n'auront besoin ni de lampe ni de lumière, parce que le Seigneur Dieu les éclairera. Et ils régneront aux siècles des siècles.   6. Et il me dit : Ces paroles sont certaines et véritables ; et le Seigneur, le Dieu des esprits des prophètes, a envoyé son ange pour montrer à ses serviteurs les choses qui doivent arriver bientôt. -   7. Et voici, je viens bientôt. -Heureux celui qui garde les paroles de la prophétie de ce livre !   8. C'est moi Jean, qui ai entendu et vu ces choses. Et quand j'eus entendu et vu, je tombai aux pieds de l'ange qui me les montrait, pour l'adorer.   9. Mais il me dit : Garde-toi de le faire ! Je suis ton compagnon de service, et celui de tes frères les prophètes, et de ceux qui gardent les paroles de ce livre. Adore Dieu.   10. Et il me dit : Ne scelle point les paroles de la prophétie de ce livre. Car le temps est proche.

11. Que celui qui est injuste soit encore injuste, que celui qui est souillé se souille encore ; et que le juste pratique encore la justice, et que celui qui est saint se sanctifie encore.   12. Voici, je viens bientôt, et ma rétribution est avec moi, pour rendre à chacun selon ce qu'est son oeuvre.   13. Je suis l'alpha et l'oméga, le premier et le dernier, le

commencement et la fin.   14. Heureux ceux qui lavent leurs robes, afin d'avoir droit à l'arbre de vie, et d'entrer par les portes dans la ville !   15. Dehors les chiens, les enchanteurs, les impudiques, les meurtriers, les idolâtres, et quiconque aime et pratique le mensonge ! 16. Moi, Jésus, j'ai envoyé mon ange pour vous attester ces choses dans les Églises. Je suis le rejeton et la postérité de David, l'étoile brillante du matin.   17. Et l'Esprit et l'épouse disent : Viens. Et que celui qui entend dise : Viens. Et que celui qui a soif vienne ; que celui qui veut, prenne de l'eau de la vie, gratuitement.   18. Je le déclare à quiconque entend les paroles de la prophétie de ce livre : Si quelqu'un y ajoute quelque chose, Dieu le frappera des fléaux décrits dans ce livre ;   19. et si quelqu'un retranche quelque chose des paroles du livre de cette prophétie, Dieu retranchera sa part de l'arbre de la vie et de la ville sainte, décrits dans ce livre.   20. Celui qui atteste ces choses dit : Oui, je viens bientôt. Amen ! Viens, Seigneur Jésus !   21. Que la grâce du Seigneur Jésus soit avec tous !